KB110449

그대가 그대에게 절을 올리니

차례

1부

잠언시

*

몸과

마음이

비워졌다네

*

마음의
두 큰 스승은

절망과
고통이니.

*

물이 맑아
바닥까지 사무침이여.

고기가 가고 있는가,
물이 가고 있는가.

*

무덤 앞에서
누구라도 외쳐다오.

"여기에 아무도 누워있지 않도다!"

*

아직 숨이 붙어
눕지 않고 앉은 그대와

이미 죽어 잡풀 속에
누워있는 나.

결국은 둘 다
더러운 해골일 뿐이니.

*

얼마나
놀라운가?

도피해야할
삶과 죽음도 없고

추구해야 할
지혜도 없다니.

*

깨달음은 신비한 힘으로
얻어지지 않네.

가만히 앉아서
마음을 들여다보는 이.

그대의 가만한 일보다
더 높고 귀한 힘은 없네.

*

고통의 연꽃 위에 고요히
앉아있는 기쁨이여.

*

아직도
안 보이는가?

그대가
이미 그분인데.

*

한 송이 꽃처럼 향기롭구나.
마음을
그대로 열어 보이는 일은.

*

소는 사라지고
주인 홀로 앉아있네.

초가지붕 아래
채찍과 밧줄이 버려진 채.

*

그대가
웃는 것이 아니라

그것이
웃는 것이네.

*

그대가
우는 것이 아니라

그것이
우는 것이네.

*

뱀이
허물을 벗고 있네,

그대도 옆에서
허물을 벗고 있네.

*

울음을 그친 아이가
눈물이 마르는 것을 즐기네.

지나던 바람 한 줄기
눈물자국을 어루만지네.

*

그분이 오면
그분을 받고

마군이가 오면
마군이를 받고.

*

그대가 그대에게
절을 올리니

그분도 그분에게
절을 올리네.

*

침과 콧물을
목덜미에 드리운 채

누더기로 비틀비틀
걷고 있는

미치광이 중이
그분이라니!

*

누가 그대를
구속했는가.

누가 그대를
더럽혔는가.

누가 그대에게
삶과 죽음을 짐 지웠는가.

*

잠을 깨면
꿈은 없다.

꿈을 꾸는 한
잠은 깨지 않는다.

마음에 머문 것은
모두 꿈이다.

*

기러기가
긴 하늘을 지나자

그림자가
싸늘한 물에 잠긴다.

기러기는
자취를 남길 마음이 없고

물은
그림자를 남길 마음이 없고.

*

세상의
속임수에

걸리지 않은
그분이라니.

*

일평생
살아있는

공^空을
지켜보았다니.

*

망상을 버리고
진실로 돌아가려 하면

진실을 망상으로
여기게 되니.

*

안에서나
밖에서나

만나거든
곧 베어버려라.

*

아프고 슬픈 자체가
열반인데

이를 외면하고
다른 데서 찾는 그대라니!

*

허공이
어찌하여

그대에게
잡히겠는가?

*

고독이
그대 고향이다.

고독의 한 가운데
그대 고향으로 가라.

*

고통이 사라지기를 바라는 것은
집착이다.

고통이 사라지면
더 많은 집착이 온다.

*

어렵지도 않고
쉽지도 않구나.

시장하면
밥을 먹고

고단하면
잠을 자네.

*

나는
빈손으로 돌아왔다.

나는
다만

두 눈은 옆으로 째졌고
코는 길이로 세워져 있다는

사실을
깨달았을 뿐.

*

아무런 흔적도
남기지 않고

마음을
스쳐 지나가네.

마음을
지나간 곳에서

저 홀로
빛나고 있네.

*

고통이라는
업의

소멸만 가르친
그분이라니.

*

적은 나의 밖에 있는
누군가가 아니니.

적은 나의 안에 있는
마음이니.

*

죽은 뒤에 온다는
윤회는

기다릴 필요가
없다.

마음을 열 때마다
한 번의 윤회가 있을 뿐이다.

*

더러운
음식을

보배 그릇에
담지 말지니!

*

서둘지 말고
여유 있게 가거라.

차고 맑은
가을처럼 가거라.

흰 옷감처럼
때 묻지 말고 가거라.

*

밥 먹을 때는
밥 전체가 되어

밥이
밥을 먹고

잠잘 때는
잠 전체가 되어

잠이
잠을 자고.

*

마음이 어디로도 가지 않으면
무욕無慾이니

마음이 어디에도 나타나지 않으면
지혜이니

*

몸과
마음은

둘도 아니고
하나도 아니다.

몸과
마음은

둘이기도 하고
하나이기도 하다.

*

푸른 산은
흰 구름의 몸

흰 구름은
푸른 산의 마음

온종일
서로 의지하네.

*

서리는 누렇게
시든 잎을 벗기고

파도는 늙어 비틀어진
뿌리를 친다.

태어나는 곳
당연히 이렇게 되리니.

*

온갖 번뇌가 도량이니
번뇌가 곧 나이기 때문이고

그대 또한 도량이니
나라는 것이 없기 때문이고.

*

도를 찾아도
도를 보지 못하여

도리어 스스로
고뇌하느니.

*

어느 한 곳에도

머물지 아니하는 것이

곧 머무는 것이니.

*

앞생각을 붙잡아 미혹하면
모자란 이요.

뒷생각에 깨달으면
ㄱ부이ㅣ.

*

마음을 쉬고
생각을 잊어버리면

저절로 눈앞에
그분이 와계시니.

*

과거는
감이 없으며

현재는
머무름이 없으며

미래는
옴이 없나니.

*

강에는 달이 비치고

소나무에 바람 부니

긴긴 밤 밝은 하늘

무슨 하릴 있을 건가.

*

공空도
없고

공 아닌 것도
없음이여.

*

망상도
없애지 않고

참됨도
구하지 않은 채

마음이 끊어진
그분이니.

*

과거의 마음들이
꿈결 같고

현재의 마음들이
마른번개 같고

미래의 마음들이
구름 같고

*

삶에
한 조각

뜬구름이
나타나고

죽음에
한 조각

뜬구름이
사라지고.

*

모든 것이
나고

나가 없는 것도
나니.

*

사는 것도
꿈이요,

죽는 것도
꿈이다.

꿈만
꿈이 아니라

꿈 아닌 것도
꿈이다.

*

온갖 생각을
다 없애버려서

불법마저
다 소용이 없어지다니.

2부

잠언시

*

몸과 마음이
비워진 적이 없는 이에게는

공*은 철학일 뿐이다.

몸과 마음이
비워진 이에게는

공은 과학이다.

*

시詩가 언어를 놓칠 때
선禪이다.

달빛이냐.
갈꽃이냐,

선이 언어로 모습을 보일 때
시다.

갈꽃 위에 얹힌
달빛이냐.

*

몸과 마음을
버리고

그대 누구에게
참례하는가.

*

몸은
마음의 그림자다.

그림자만 벗기면
고통마저 눈부시니

어느 하나
버릴 것이 있으랴.

*

그대 몸과 마음이
비워지네.

오롯이 각성覺醒이 남네.

그대인 듯
그대 아닌 듯

오롯이 직관直觀이 남네.

*

마음이 없는 것이
무심無心은 아니다.

마음에 아무 것도 없는 것이
무심이다.

*

마음공부의
시작은

깨달아
살피는 것이니.

마음공부의
끝도

깨달아
살피는 것이니.

*

구름이
흩어지고

물이
흐르거니

세상이
온전히 비었네.

*

사람도
소도

모두
보이지 않네.

동쪽
산 너머

둥근 달이
떠오르는데.

*

앉고 누움이
깨달음인 줄 모르고

허덕이며
아직도 괴로워하다니.

절 나간
어린 중에게

그분은
몸을 숨긴 지 오래인데.

*

마음을
풀어놓으면

우주를
덮고도 남으리니

마음을
거두어들이면

바늘 끝도
세울 수 없으리니

*

세상의
모든 그분들을

한입에
삼켰거늘

어디에 다시
교화할 중생이 있으리오.

*

남들 안에서
그대를 보라.

그때 누구를
해칠 수 있겠는가.

무슨 해악을
입힐 수 있겠는가.

*

밤마다 그분을 안고 자고,
아침마다 함께 일어난다.

서나 앉으나
항상 서로 따르고

말하거나 잠잠하거나
함께 행동한다.

털끝만큼도 여의치 않아서
몸과 그림자가 따르는 것과 같다.

아직도
그분이 있는 곳을 찾는가?

그대가
그곳인데.

*

있음에도 집착하지 않고
없음에도 집착하지 않고

있고 없음을 취하지 않으면서
있고 없음을 버리지도 않는.

*

몸과 마음이 본래의 리듬을 잃을 때
병이 나서네.

그대가 지혜롭다면
엎드려 경배하리니.

본래의 리듬을 되찾기 위해
치열하게 싸우고 있는 병을.

*

　먹을 때나 마실 때나 똥을 눌 때나 오줌을 눌 때나 서 있을 때나 앉아 있을 때나 잠잘 때나 구경할 때나 말할 때나 침묵할 때나

　자신이 행하는 바가 무엇인가를 알고 있는 이.

*

그대 눈먼 백치여.

자신의 머리를 다시금
머리 꼭대기에 얹어놓으려 하는가.

그대의 머리는 그 자리에
이미 얹혀 있지 않은가.

*

온몸이 눈이라 해도 보는 데 이르지 못하고
온몸이 귀라 해도 듣는 데 미치지 못하고
온몸이 입이라 해도 말을 붙이는 데 미치지 못하고
온몸이 마음이라 해도 비추어내지 못한다.

온몸은 그만 두고,
눈이 없다면 어떻게 보며
귀가 없다면 어떻게 들으며
입이 없다면 어떻게 말하며
마음이 없다면 어떻게 비추어 내리오.

만일 여기에서 한 가닥 길을 틔운다면
당장 그분과 동참하리라.

*

행여도 다른 곳에서
구하지 말지니.

멀고멀어서
나와는 성글다.

*

금부처는 용광로를 견디지 못하고
나무부처는 불을 견디지 못하고
흙부처는 물을 견디지 못하고
참부처는 그대 안에 있네.

*

온몸이 눈이라 해도 보는데 이르지 못하고
온몸이 귀라 해도 듣는데 미치지 못하고
온몸이 입이라 해도 말을 붙이는데 미치지 못하고
온몸이 마음이라 해도 비추어내지 못한다.

온몸은 그만 두고,
눈이 없다면 어떻게 보며
귀가 없다면 어떻게 들으며
입이 없다면 어떻게 말하며
마음이 없다면 어떻게 비추어 내리요?

만일 여기에서 한 가닥 길을 틔운다면
당장 그분과 동참하리라.

*

밤마다 부처를 안고 자고, 아침마다 함께 일어난다. 서나 앉으나 항상 서로 따르고 말하거나 잠잠하거나 함께 행동한다. 털끝만큼도 여의지 않아서 몸에 그림자가 따르는 것 같다.

부처가 계신 곳을 아직도 알고자 하는가?

그대 목소리가 울리는 그곳인데?

*

일생동안 마음에 두려움이 없고
몸에 이가 없고
잠잘 때 꿈을 꾸지 않고
항상 걸식을 하고
한 자리에서 이틀 밤을 묵지 않고
가는 집마다 장작을 패고
짚신을 삼은 그분이라면.

*

괴로운 느낌이 목숨을 위태롭게 할 때도
'나는 목숨을 위태롭게 하는 괴로운 느낌을 보고 있다'라고
알아차리는 이라면.

*

사물에 자아自我가 빈
공空과

사물 자체가 없는
무無는 다르다.

아직도 공과 무를
혼동하여

안과 밖을
헤매고 있는 이라니.

*

공^후은 비어있거나 무가치한
어떤 것이 아니다.

공은 모든 사물에
'니' 혹은 '내 것'이 없다는 것이다.

*

자아^{自我}가 없는데 누가 행위를 하겠는가?

누가 모든 육체적 정신적 행위를 일으키는가?

누가 행위의 업보를 받겠는가?

*

용맹스럽게 노력하려고 하지 않고
금방 안절부절 못하고
빛이나 색깔 같은 것에 집착하고
고요한 곳에 안주하려 하고
조그만 성공을 과장하려 하고
부수적으로 얻는 노력을 오용하려 하고
쉽게 의심하고
불쾌한 감각을 두려워하고
진리의 순간이 올 때는 무서워한다.

이러한 자를 다른 곳에서 구태여 찾을 필요는 없다.
바로 내가 그 표본이니.

3부

시화

몸은 마음의
그림자다

그림자만 벗기면
고통마저 눈부시니

어느 하나
버릴 것이 있으랴

잠언시편 [印]

아프고 슬픈 자체가
열반인데

이를 외면하고
다른 데서 찾는
그대라니

잠언시편

아무런 흔적도
남기지 않고
마음을 스쳐 지나가네

마음을 지나간 곳에서
저 홀로
빛나고 있네

잠언시편

아직도
그분이 있는곳을
찾는가

그대가
그분인데

잡언시편 [인]

한 송이 꽃처럼
향기롭구나
마음을
그대로 열어보이는 일은

잠언시편

명상의 끝은 무집착이다
명상을 버리지 않는 한
무집착은 사라지지 않는다
명상도 놓아 버려라

잠언시편 🔲

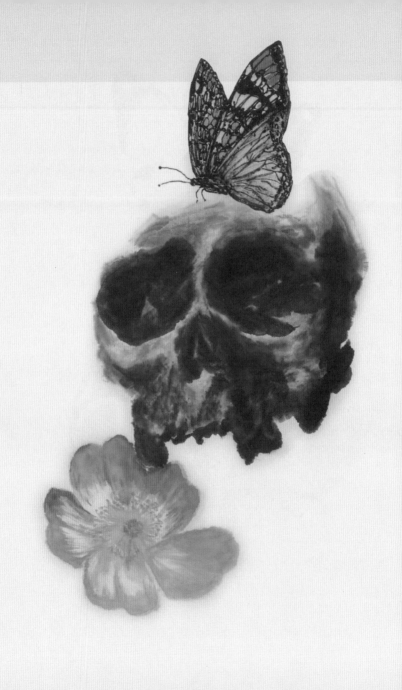

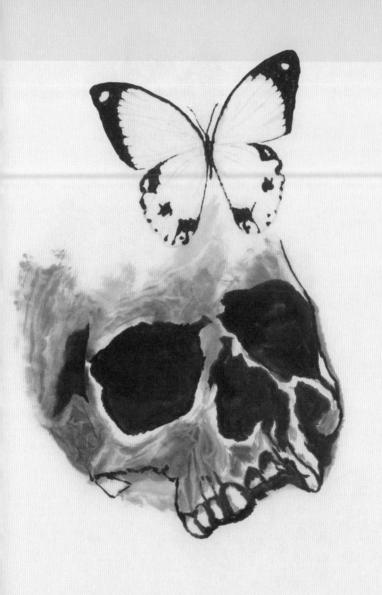

모두 사라지고
남은 것은
고요 뿐
바로 여기

잠언시편

더러운 음식을

보배 그릇에

담지 말지니

잠언시편

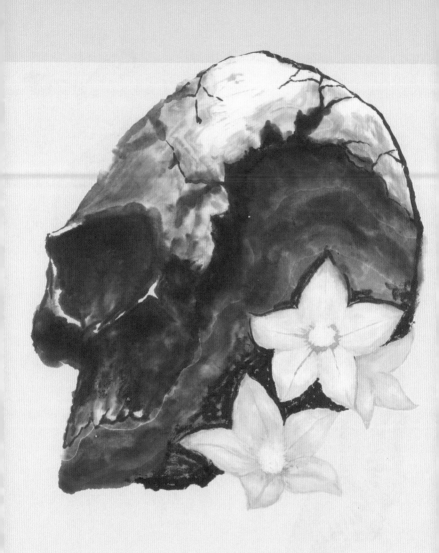

소는 사라지고
주인 홀로 앉아 있네

초가 지붕 아래
채찍과 밧줄이
버려진 채

잠언시편 [인장]

울음을 그친 아이가
눈물이 마르는 것을
즐기네

지나던 바람 한줄기
눈물 자국을 어루만지네

잠언시편 □

그대가 그대에게
절을 올리니

그분도 그분에게
절을 올리네

잠언시편

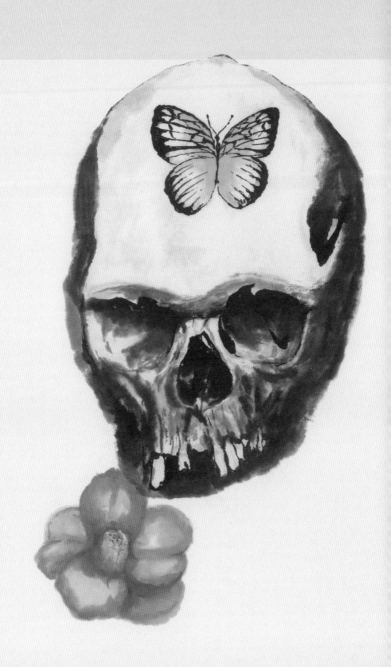

고통이 사라지기를
바라는 것은
집착이다

고통이 사라지면
더 많은
집착이 온다

잠언시편

그름 투성이로
온갖 뼈들이 받쳐든
질병 주머니에
세월 따라
낡고 시들고 부패하여
쏟아지는

잠언시편

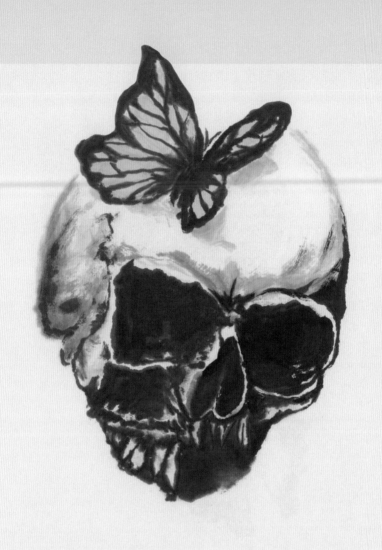

공은 비었거나 무가치한
어떤 것이 아니다

공은 모든 사물에
나 혹은 내 것이 없다는
것이다

잡연시편

고통의 연꽃 위에
고요히
앉아 있는 기쁨이여

잠언시편

송기원 잠언시집

그대가 그대에게 절을 올리니

| 펴낸날 | **초판 1쇄 2023년 10월 27일** |

지은이	**송기원**
펴낸이	**심만수**
펴낸곳	**(주)살림출판사**
출판등록	**1989년 11월 1일 제9-210호**

주소	**경기도 파주시 광인사길 30**
전화	**031-955-1350** 팩스 **031-624-1356**
홈페이지	**http://www.sallimbooks.com**
이메일	**book@sallimbooks.com**

| ISBN | 978-89-522-4869-5 03810 |

※ 값은 뒤표지에 있습니다.
※ 잘못 만들어진 책은 구입하신 서점에서 바꾸어 드립니다.